COLLECTION FOLIO

Michel Tournier
de l'Académie Goncourt

Le bonheur en Allemagne ?

ÉDITION AUGMENTÉE

Gallimard

© *Maren Sell Éditeurs, 2004.*
© *Éditions Gallimard, 2006, pour la présente édition.*

Né en 1924 à Paris, Michel Tournier habite depuis quarante ans un presbytère dans la vallée de Chevreuse. C'est là qu'il a écrit *Vendredi ou les limbes du Pacifique* (Grand Prix du roman de l'Académie française) et *Le Roi des Aulnes* (prix Goncourt à l'unanimité). Il voyage beaucoup, avec une prédilection pour l'Allemagne et le Maghreb. Il ne vient à Paris que pour déjeuner avec ses amis de l'Académie Goncourt.

Une affaire personnelle

On ne saurait trop recommander aux gens de bien choisir leur date de naissance. Car une vie est faite d'une continuité individuelle et privée, rythmée et souvent brisée par des événements historiques. Or il importe que ces événements surviennent aux moments propices de la vie de l'intéressé, ni trop tôt, ni trop tard. Je pense, par exemple, que le nom de Jules Renard ne jouit pas d'un éclat proportionné à son talent. C'est injuste, car c'était un très remarquable écrivain. Avec une grande lucidité, il a lui-même déploré la malchance qui l'a fait naître en 1864. Il n'avait ainsi vécu ni la guerre et l'occupation de 1870, ni la Commune, ni la naissance de la IIIe République. Mort en 1910, la guerre de 14-18 lui a également échappé. Sa vie s'est déroulée dans une période grise, neutre, médiocre, détail qui n'aurait certes pas appauvri un écrivain comme Mallarmé, intimiste et voué à la recherche solitaire, mais condamna à la pénombre ce réaliste, tout entier attaché à l'observation de son temps et de ses contemporains.

Je n'ai pas eu à me plaindre de ce point de vue. Franchement, je me félicite d'être né en 1924, la même année, rappelons-le, que Paul Newmann, Charlton Heston, Marlon Brando, Charles Aznavour et Roland Petit, un fameux cru en vérité. Avoir vingt ans en 1944, quand la guerre est pratiquement terminée, quand l'Europe n'est qu'un tas de ruines fumantes, certes, mais ouverte toute grande à toutes les promesses de reconstruction et de création, quel beau cadeau du destin ! J'anticipe et je vais revenir en arrière, mais déjà, avec cette évocation de 1944, c'est le couple France-Allemagne qui surgit.

Bien entendu, tous les Français de ma génération ont vécu sous la menace des orageuses relations entre leur patrie et l'Allemagne. Et ceux de la génération antérieure encore davantage si possible. Mais la famille Tournier plus encore sans doute que la moyenne des familles françaises. Mon père avait choisi la *Germanistik* et avait fait ses études à Kaiserslautern. Il était fiancé à une étudiante de la même discipline quand il fut mobilisé dès les premiers jours de la guerre de 14. Dès les premiers jours également, il reçut une balle dans la figure qui devait marquer pour toujours son visage. Né dix ans plus tard, j'ai toujours eu un père quelque peu — mais glorieusement — défiguré. Ce sont des choses qui comptent pour un enfant.

Cela dit, mes parents étaient demeurés fidèles à leur *Germanistik* d'origine, et dès mes premiers ans j'ai fait des séjours prolongés en Allemagne. Et là, l'honnêteté m'oblige à dire deux mots sur mes relations personnelles avec la langue allemande. J'ai une sœur aînée qui était véritablement la *Musterschülerin* de la *Germanistik* Tournier. J'arrivais derrière et je crois sincèrement que personne n'est moins doué que moi pour les langues étrangères. Je m'en console en pensant qu'un écrivain a avec sa langue maternelle — celle dans laquelle il écrit — une relation plus profonde et plus jalouse que la moyenne de ses compatriotes, ce qui l'empêche d'exceller dans d'autres langues. Je ne sais ce que vaut réellement cette théorie. Toujours est-il que j'ai entendu toute ma vie mes parents gémir sur mon allemand détestable. Mon père m'a reproché des années durant des fautes que j'avais commises à neuf ans. Nous allions régulièrement en Forêt-Noire. Le sommet de la région est marqué par une croix de bois dressée sur la montagne Herzogenhorn. Au cours d'une promenade, je marchais le premier. Mon père : « *Wo gehst du hin ?* » (car la langue officielle des Tournier était l'allemand dès que nous avions passé la frontière). Moi, au lieu de dire « *Zum Kreuz* », je dis « *Zur Kreuz* » (car croix est féminin en français). Ce « *Zur Kreuz* » prononcé d'une voix désolée avec un hochement de tête, je l'ai entendu toute ma vie, dès l'instant que je faisais allusion à mes relations avec l'Allemagne.

Ces relations, ce fut par exemple l'arrivée au pouvoir des nazis en 1933. J'avais huit ans, mais tout se passait dans la rue et était à la portée d'un jeune enfant. J'ai tout vu — cette année-là et les suivantes —, j'ai tout retenu, j'ai tout compris. Je peux me féliciter d'avoir eu une éducation politique exceptionnellement précoce. En 1940, quand la France s'effondre, j'ai quinze ans. Mon père est mobilisé. Ma mère traverse la France au volant de sa voiture avec mes deux petits frères et ma sœur. C'est moi le chef de la famille. Pour me donner de l'autorité, je fume la pipe.

Ensuite, ce sont les années d'occupation. Elles sont dangereuses pour un garçon de mon âge. Bien des camarades de collège ont disparu dans la tourmente. Je suis absolument convaincu de la nature exécrable du régime nazi et de la prochaine défaite de l'Allemagne. Sur quoi je me fonde ? Sur mes sentiments profonds — qui ne prouvaient évidemment rien — et sur cette idée vague que l'Angleterre avait toujours gagné contre telle ou telle nation européenne. Évidemment, pendant cette première année d'occupation, je n'envisageais pas ce qui allait se passer en juin 41. L'URSS était l'alliée de l'Allemagne et les USA étaient neutres. Avec le recul, je me rends compte que j'avais tort. Entre juin 40 et juin 41, Hitler avait certainement et définitivement gagné la guerre. Churchill et son ami de Gaulle étaient fous d'espérer que l'Angleterre parviendrait à ébranler la forteresse continentale formée par le bloc germano-soviétique entourée de pays alliés tels que l'Italie et l'Espagne. Cette folie de Churchill devait être effacée par une folie encore plus grande : celle d'Hitler attaquant l'URSS en juin 1941. Personne ne pouvait prévoir une décision aussi démente, jetant bas tout l'édifice européen construit par lui. La dangereuse confiance de Staline dans le pacte germano-soviétique et son ignorance des avertissements prodigués par ses informateurs s'expliquent parfaitement. Entre hommes d'État, il est normal d'exclure l'éventualité d'un acte de folie furieuse. C'est pourtant ce qui a eu lieu.

Au cours des années de guerre, j'avais poursuivi vaille que vaille des études de philosophie et choisi de préparer une agrégation de philosophie. Et ce choix devait me replonger dans la *Germanistik*. Au lieu d'étudier Goethe et Schiller, j'étudierais Kant et Hegel. Et je n'eus rien de plus pressé, à peine la guerre finie, que de me précipiter dans une université allemande — celle de Tübingen — où je fis un séjour de quatre années.

J'ai évoqué dans un précédent livre[1] ces années qui coïncident très précisément avec ce qu'il faut bien appeler ma jeunesse. L'Allemagne n'était qu'un monceau de ruines, et d'ailleurs elle n'existait plus comme État. Elle se réduisait à quatre « zones d'occupation » gouvernées chacune par un gouvernement militaire — américain, soviétique, anglais et français. Nous étions une dizaine d'étudiants français, parmi lesquels Claude Lanzmann et pour peu de temps Gilles Deleuze. Nous formions avec les étudiants allemands

1. *Le Vent Paraclet* (Gallimard, 1977).

une génération de « rescapés » de la guerre et nous nous regardions avec une stupeur heureuse, ayant peine à croire que nous n'étions là que pour étudier l'histoire, la littérature, la philosophie, les sciences sans plus de soucis vitaux. Le passé récent n'était cependant pas éloigné et à tout moment il se rappelait à nous — parfois brutalement. J'évoquerai par exemple l'épisode des bustes du Neckar. La rue principale qui franchit le Neckar par le pont Eberhard s'appelle la Mühlstrasse. Nous ne devions apprendre qu'incidemment qu'elle s'appelait avant notre arrivée l'Adolf Hitler-Strasse. Mais dans chaque ville allemande tel était le nom de la rue principale. Un jour pourtant un barrage situé en aval du fleuve cède et le niveau des eaux s'effondre. Et que voit-on quand on traverse le pont ? Une quantité de bustes d'Hitler dégoulinant de vase qui observent les passants d'un regard furieux...

Le ravitaillement était désastreux pour toute la population, et les étudiants souffraient tous de la faim, d'autant plus que la plupart n'avaient pas la ressource de leur famille. L'un d'eux pourtant intriguait par sa mine épanouie et son optimisme. Certainement il avait un « truc », mais personne n'en connaissait le secret. Parce que j'étais étranger, il me révéla ce secret et m'en fit souvent profiter. Il y a à Tübingen un quartier d'instituts et de cliniques parmi lesquels un institut Pasteur. Un institut Pasteur à l'époque, c'était principalement une écurie où on élevait des chevaux. On leur injectait le microbe de la diphtérie ou de la variole, on laissait à la malheureuse bête le temps de fabriquer des anticorps et, le moment venu, on lui soutirait un certain nombre de litres de sang. Ce sang était caillé. On jetait la masse des globules rouges et on récoltait le sérum pour en faire des vaccins. Notre héros me montra une sorte de marmite — les réfrigérateurs n'existaient pas encore — où tremblotait une masse noirâtre. C'était des caillots qu'il récupérait grâce à certaines accointances qu'il entretenait à l'institut. Il en coupait une tranche avec un grand couteau et la faisait sauter dans une poêle. C'était en somme du boudin de cheval assaisonné à la diphtérie ou à la variole. Je ne dirai pas que c'était délicieux, mais cela tenait assurément à l'estomac.

De cette époque je rappellerai aussi le souvenir d'un paisible magistrat qu'on allait voir par curiosité et que l'on souhaitait toucher, car il portait notoirement bonheur. Il est vrai que son aventure confinait au fantastique. Fabian von Schlabrendorff avait participé à l'attentat perpétré contre Hitler en Prusse-Orientale le 20 juillet 1944. Après l'échec de l'attentat, les arrestations et les exécutions s'étaient multipliées. Schlabrendorff faisait partie des conjurés. Il comparut au palais de justice de Berlin le 3 février 1945. Le tribunal était présidé par Roland Freisler qui expédiait le déroulement du procès selon une formule parfaitement rodée. On entendait lecture de l'acte d'accusation. Puis Freisler, comme pris d'une soudaine inspiration hystérique, hurlait les injures les plus basses à l'intention du prévenu (je n'ai pas assisté à ces procès, mais j'en ai vu le film). La condamnation à la peine de mort concluait à tout coup le discours, et elle était exécutée dans la cour du palais de justice dans les minutes qui suivaient.

Donc Schlabrendorff subit le flot injurieux de Freisler. À ce moment les sirènes de Berlin se déchaînent et annoncent une alerte aérienne. Le règlement voulait que le procès fût alors interrompu et que tout le monde descendît dans les abris. Ce qui est fait. Les bombes pleuvent et l'une d'elles détruit le palais de justice. Freisler est tué, toutes les pièces de l'accusation sont détruites. Schlabrendorff s'en sort intact. Il retourne en prison d'où les Russes le libèrent quelques mois plus tard.

Cette histoire devait connaître dans les années quatre-vingt un épilogue qui souleva un modeste scandale dans les médias allemands. On apprit la mort d'une très vieille dame qui avait profité jusqu'au dernier jour de la confortable retraite de son mari, haut magistrat tué dans l'exercice de ses fonctions. C'était la veuve de Roland Freisler, le « juge sanglant » (*der Blutrichter*).

Moins dramatique fut certes la création de la monnaie nouvelle, le D-Mark, le 20 juin 1948, mais le miracle économique immédiat qu'elle suscita reste inoubliable. Du jour au lendemain, des vitrines auparavant noires et vides qui débordaient de marchandises, des services offerts par tous, toute la vie économique et matérielle qui reprenait, la dureté aussi pour tous ceux qui manquaient de « moyens », et c'était la très grande majorité. L'un de ces aspects bien oublié aujourd'hui devait frapper particulièrement l'étudiant que j'étais, cruellement privé de livres, je veux parler du *Rororo*. De quoi s'agissait-il ? Cela voulait dire : *Rowohlt Rotation Roman*. Il faut préciser que le papier manquait et qu'il était réservé aux journaux quotidiens, parce qu'il fallait bien que la population fût informée, ne fût-ce que des tickets d'alimentation validés ce jour-là. L'idée des éditions Rowohlt, ce fut tout simplement de fabriquer des romans exactement selon le procédé d'un journal, c'est-à-dire en les imprimant sur rotative. Le Rororo se présentait donc comme un quotidien — par exemple *Le Monde* ou *Le Figaro* — mais ce « journal » s'appelait *Les Affinités électives* de Goethe, *Anna Karénine* de Tolstoï ou *Les Faux-monnayeurs* de Gide. Et il en coûtait un D-Mark. Techniquement, sa fabrication reposait sur une simple coïncidence : le nombre de « signes » (lettres, signes de ponctuation et blancs) contenus dans un quotidien avoisine celui d'un roman ordinaire, c'est-à-dire se situe entre 200 000 et 1 million. Un exemplaire du Rororo aurait sa place, me semble-t-il, dans un musée du livre ou de la culture livresque.

Mais le souvenir sans doute le plus vif de ces années de misère, c'est le rôle que jouèrent les femmes dans l'immense corvée que fut l'enlèvement des gravats des bombardements pour que la reconstruction puisse commencer. Je revois la longue chaîne de ces *Trümmerfrauen* se passant les pierres de main en main jusqu'au camion d'évacuation. On devrait leur élever un monument à ces déblayeuses des années noires !

Mon expérience allemande suivante, ce

fut la naissance de la RDA et le régime communiste de style prussien qui la caractérisa. On ne saurait trop dénoncer la politique désastreuse de Konrad Adenauer et sa responsabilité dans le fossé qui s'est creusé entre l'Allemagne de l'Ouest et l'Allemagne de l'Est. Ce catholique rhénan rêvait dès 1918 d'une République allemande catholique qui tournerait le dos aux provinces prussiennes protestantes et s'orienterait résolument vers l'Ouest. La défaite de 1945 et la création de la BRD ont été pour lui la divine surprise de sa vie. L'Ouest, c'était l'Amérique. L'Est, c'était le communisme. En somme, d'un côté le bien, de l'autre côté le mal. Les Soviétiques pouvaient bien faire ce qu'ils voulaient des provinces de l'Est, Adenauer les abandonnait volontiers dans les ténèbres extérieures. Le 10 mars 1952 — sous Staline — et en janvier 1959 — sous Khrouchtchev —, l'URSS propose la réunification, assortie il est vrai d'une condition : la neutralité de l'Allemagne. Pas une arme, pas un uniforme, pas une alliance. C'était la solution idéale qui avait fait ses preuves en Finlande et en Autriche. L'Allemagne serait devenue entre l'Est et l'Ouest un formidable pôle de paix et de prospérité obligeant par le dynamisme de son économie les pays voisins — Europe de l'Ouest et Russie — à réduire leurs dépenses d'armement pour lutter à armes égales avec ce formidable concurrent. C'était la sagesse même. Mais c'était aussi condamner toute la politique d'américanisation à outrance d'Adenauer. Il ne répondit même pas à l'offre. Alors ce fut le mur de Berlin, Honecker succédant à Ulbricht, l'affrontement de la guerre froide poussé à son paroxysme. Oui, on peut le dire, l'Allemagne a connu au XXe siècle trois chefs d'État catastrophiques, Guillaume II, Adolf Hitler et Konrad Adenauer.

Puisque la DDR existait, il ne restait qu'à s'en accommoder. J'y allais presque chaque année. Avant la guerre je passais mes vacances dans un petit village de Thuringe, Wendehausen, près de Erfurt, sur la Werra. C'était le village natal d'une femme qui m'a élevé et qui y vit toujours,

Maria Montag. J'avais une grande amitié pour son neveu d'un an plus jeune que moi, qui a été tué à dix-huit ans en URSS. Le malheur, c'était que ce village se trouvait à proximité du « rideau de fer » et donc en *Sperrzone*. Il fallut remonter à Honecker pour avoir le droit d'y retourner. Quel remue-ménage dans ce trou endormi que cette visite officielle avec une escorte de chef d'État ! Des paysans m'abordaient et me tutoyaient en me rappelant que nous avions joué ensemble en 36 ou 37. La gare où j'arrivais en vacances était transformée en maison d'habitation. Les rails avaient été arrachés. La petite fabrique de chaussettes où je m'amusais à travailler avec les ouvriers était nationalisée et ne tournait plus qu'au ralenti. Un village mort.

En vérité, retourner sur des lieux d'enfance est une épreuve terrible qu'il vaut mieux toujours éviter.

Le spectacle du sport en cette DDR de 17 millions d'habitants qui dans les compétitions internationales et les Jeux Olympiques disputait la première place aux USA et à l'URSS m'avait donné l'idée d'un roman dont l'héroïne serait une femme championne du monde dans une discipline athlétique. La femme athlète qui surpasse l'homme en force, en vitesse, en souplesse, l'opposée totale de la femme du XIXe siècle douillette, pleurnicharde et obèse — voilà qui me paraissait un défi littéraire intéressant à tenter. Il me semblait que la DDR pouvait être le laboratoire où se préparait cette Ève du XXIe siècle. En mai et juin 1986, j'ai fait une enquête sur les athlètes féminines de la DDR. J'ai interrogé Katharina Witt et Gabrielle Seifert dans la patinoire de Chemnitz. J'ai assisté à l'entraînement des rameuses au centre nautique de Berlin Grünau, des tireuses à l'arc à Müllrose, des plongeuses à la piscine de Rostock, aux Spartakiades d'Erfurt, au championnat d'athlétisme d'Iéna. J'ai longuement parlé avec Margit Gummel, championne du monde de lancer de poids, avec Renate Stecher, championne du monde du 100 et du 200 mètres, avec Heike Drechsler, championne de saut en longueur, avec

Ruth Fuchs, championne de lancer de javelot. Au cours de ce même voyage, j'ai visité l'École de danse de Dresde et j'ai rencontré la célèbre Palucca qui à quatre-vingt-cinq ans continuait à assister aux répétitions.

Lorsque j'entends aujourd'hui le procès qui est fait aux autorités de la RDA concernant le dopage de ses athlètes, je songe d'abord à la place qu'occupe ce même fléau dans les compétitions internationales et singulièrement en France. On en est arrivé au point que notre Tour de France cycliste se trouve menacé dans son existence même. Sommes-nous bien placés pour accabler l'ex-RDA ? Je me dois de dire que mes nombreux séjours dans ses camps d'entraînement ne m'ont rien révélé sur ce sujet. Il y avait même une doctrine officielle selon laquelle une femme athlète était promise à des performances meilleures si elle connaissait l'épanouissement que seule la maternité offre à une femme.

Mais il y avait un autre domaine où la « dictature sportive » se manifestait avec une rare brutalité. Des entraîneurs de toutes disciplines passaient les écoles au crible et sélectionnaient les jeunes pour les orienter vers telle ou telle spécialité. Malheur à celui qui s'entendait dire : « Toi tu seras nageur, patineur, coureur, lanceur de poids. » Une main de fer s'abattait sur lui. Il était transféré dans un internat souvent lointain où on le soumettait en dehors de ses heures d'enseignement à un entraînement forcené. Les parents étaient réduits au silence par des avantages matériels ou politiques substantiels et perdaient tout contrôle sur leur fils ou leur fille entrés pour leur bonheur — ou leur malheur — dans le cercle d'une aristocratie enviable.

Aristocratie, oui, et je dois l'avouer d'un spectacle souvent admirable s'agissant notamment de la force féminine. Je mesure bien le paradoxe de cette simple idée : la valeur esthétique de la force féminine. Il y a la grâce, il y a le charme. Mais il y a la force. Pendant des siècles, des millénaires même, force et virilité ont été inséparables. C'est à ce point que dans l'imagination populaire le poids et le poil constituaient des attributs obligés de la force. L'homme fort avait le type préhistorique et additionnait l'obésité, la poitrine frisée et la barbe drue. On ne saurait attribuer trop d'importance à la révolution apportée dans ce domaine par E.R. Burroughs avec son personnage de Tarzan. Car Tarzan incarne indiscutablement la force. Mais une force d'un type entièrement nouveau, glabre et agile. C'est le héros juvénile au menton lisse et au ventre plat. En vérité, cette histoire de barbe est une clef. Car, notez-le bien : non seulement Tarzan est impensable avec une barbe, mais il ne saurait pas davantage se raser tous les matins. Mais nous ne sommes pas allés assez loin en parlant de héros juvénile. C'est enfantin qu'il fallait dire. Tarzan n'a pas de barbe et n'aura jamais de barbe, parce qu'il est définitivement impubère. C'est un enfant de dix ans monté en graine et en force. C'est pourquoi les associations puritaines américaines ont eu bien raison de s'indigner quand un cinéaste stupide a cru devoir lui infliger une femme et lui faire esquisser des gestes gauchement érotiques.

Mais si une force surhumaine n'implique plus la virilité et peut s'incarner dans un enfant de dix ans, pourquoi n'irait-elle pas se loger tout aussi bien dans le corps d'une femme ? La convention qui associait virilité et force entraîne dans sa chute celle qui liait féminité et faiblesse. Après tout, sur les hippodromes, les juments sont aussi puissantes et courent aussi vite que les étalons. La question pouvait paraître théorique aussi longtemps que les performances de pointe des hommes et des femmes n'étaient pas enregistrées. C'est chose faite depuis environ cent ans. Cela permet d'observer un phénomène intéressant auquel les sociologues et les biologistes feraient bien de prendre garde. D'année en année, l'écart qui sépare les résultats sportifs des femmes de ceux des hommes ne cesse de décroître. Oui, c'est un fait : les femmes grignotent le retard sur les hommes que leur ont infligé des siècles de servitude et d'humiliation. Déjà dans plusieurs disciplines, elles battent les records détenus par les hommes il y a moins de trente ans. On attendait avec impatience le jour mémorable où une femme allait s'imposer dans une spécialité quelconque de façon absolue, je veux dire en surclassant les champions masculins de la discipline. Ce fut chose faite le 2 août 1990. Ce jour-là à 0 h 19 GMT, la navigatrice Florence Arthaud a franchi le cap Lizart à la barre de son trimaran *Pierre Ier* après avoir traversé l'Atlantique en 9 jours, 21 heures et 42 minutes, améliorant ainsi de plus d'un jour et demi le record de la traversée de l'Atlantique en solitaire que détenait Bruno Peyron depuis août 1987. Nul doute que cette révolution sensationnelle va être suivie d'autres records « absolus » battus par les femmes dans d'autres disciplines.

J'ai donc recherché l'avènement d'une nouvelle Ève en DDR. Pas une trace de graisse, un monument de muscles souples et pulpeux qui roulent sous une peau soyeuse. Les seins eux-mêmes ne sont plus que la tendre doublure des muscles pectoraux et gênent à coup sûr moins les mouvements de la machine musculaire que les encombrantes génitoires de l'homme. La réussite est éclatante et, notez-le bien, elle reste strictement dans le registre de la féminité : pas trace de caractère « hommasse » chez ces femmes rayonnantes d'une beauté strictement féminine. Il y a là un équilibre tranquille, paradoxal, provocant, avec en plus un friselis de drôlerie. C'est que la nouvelle Ève fait voler en éclats à la fois le stéréotype de la femme fragile et lâche et celui du mâle protecteur et chatouilleux sur le chapitre de son honneur viril. C'est tout un pan de notre civilisation qui s'écroule.

Écrirai-je jamais ce roman de la femme athlétique ? J'en ai le titre, *Eva ou la République des corps*. J'ai une caisse de documents sur le sujet. Mais j'ai tant de projets, et il est tellement plus facile de faire des projets de livres que d'écrire des livres ! Et puis le destin veut que ce soit aujourd'hui une Française, Amélie Mauresmo, qui incarne le mieux cet idéal.

En DDR, j'ai connu des confrères écrivains, Christa Wolf, Helga Schubert,

Waldtraut Lewin, Günther Rücker, Thomas Böhme, Fritz-Rudolf Fries, Werner Mittenzwei, sans oublier mon éditeur et traducteur Joachim Meinert. J'ai eu aussi des relations d'amitié avec Markus Wolf que je respecte et que j'admire comme tous ceux qui ont engagé leur vie dans la lutte contre le nazisme. J'ai fait partie de l'*Akademie der schönen Künste* de Berlin-Est. Ce sont des choses qu'on me reproche aujourd'hui. En vérité, l'Allemagne continue à me valoir — comme du temps de mon enfance, de ma jeunesse, de mon âge mûr — des tristesses et des joies, des blessures et des fleurs, des pertes irréparables et des richesses immenses.

Aujourd'hui il y a la télévision. Ma solitude campagnarde lui donne une grande place dans ma maison. Mais bien entendu j'ai déployé sur mon toit une antenne parabolique orientée à l'est grâce à laquelle je vis plusieurs heures par jour hors de France. Je trouve les parents dont les enfants restent agglutinés autour du « poste » familial d'une grande négligence. Ces enfants perdent leur temps, mais il en serait autrement s'ils ne regardaient que des émetteurs étrangers choisis pour la langue qu'ils apprennent à l'école. Ils devraient dire : « Vous voulez regarder la télévision, d'accord. Mais je ne veux pas entendre un mot de français. Regardez la télé anglaise, espagnole, allemande » — selon la langue étrangère qu'ils étudient. Le profit serait immense.

Je vis ainsi principalement outre-Rhin. Les informations sont spectaculairement différentes de celles que nous dispensent nos émetteurs. Des faits divers qui remplissent nos écrans ne sont même pas mentionnés. D'autres au contraire qui font un bruit d'enfer à l'étranger sont passés en France sous silence. J'affectionne particulièrement l'autrichien Sat 3 et le NDR allemand (Norddeutscher Rundfunk). Le dépaysement fait mon délice. Récemment un épicier de Rostock a fait irruption sur mon petit écran pour se plaindre : des travaux de terrassement interminables bloquaient sa rue et nuisaient à son chiffre d'affaires. Voilà qui sonnait curieusement en pleine vallée de Chevreuse ! La nuit, les émetteurs allemands ont d'étranges habitudes. Ils pourraient cesser d'émettre. Ou alors rediffuser des émissions de la journée. Ils choisissent une autre solution. Ils diffusent, certes, mais en quelque sorte à vide. Ce sont des nuages qui circulent en plein ciel accompagnés d'une musique appropriée. Ou un aquarium où évoluent des poissons exotiques. Ou encore la caméra est fixée sur la locomotive d'un train qui s'avance dans un paysage médiocre et sans la moindre explication. Le téléspectateur essaie de se repérer aux noms des gares qu'il voit défiler. Une variante place la télévision dans un camion à la place du passager. On est bloqué dans des embouteillages, arrêté à un passage à niveau, on traverse d'interminables banlieues, et là des bruits de moteur, mais pas une note de musique. Oserais-je dire que ces images perçues entre deux sommeils ne manquent pas de charme ? Cela rejoint quelque peu un rêve que j'ai fait : pouvoir placer la caméra de mon récepteur en un lieu choisi par moi, et ce serait une station-service de l'Illinois, un supermarché russe, la plage de la pointe du Raz, une cour de récréation tchèque, etc., tous lieux où il ne se passe rien de particulier, mais qui n'en révèlent que mieux l'essence même d'un pays.

Et puisque j'évoque les médias, comparons le *Paris-Match* français et son équivalent allemand le *Stern*, que je reçois ensemble chaque jeudi. D'abord d'un point de vue purement quantitatif, le *Stern* est sensiblement plus gros et plus cher que *Paris-Match*. Mais c'est surtout par « le choc des photos » — pour reprendre un slogan de *Paris-Match* — qu'ils se distinguent. Ce choc est incomparablement plus fort dans le *Stern*. En comparaison, *Paris-Match* paraît douceâtre, timide, pudibond. Les tableaux d'amours idylliques abondent. Les images de guerre y sont soigneusement édulcorées.

La brutalité du *Stern* peut d'ailleurs dépasser les bornes et soulever le scandale. C'est ce qui s'est produit il y a quelques années à l'occasion du suicide d'un homme politique allemand dans un hôtel de Genève. Un journaliste et un photographe avaient rendez-vous avec lui. Le portier de l'hôtel leur dit qu'il est dans sa chambre, car la clef n'est pas au tableau. Ils montent. La porte n'est pas verrouillée. Ils entrent. L'homme qu'ils venaient interviewer est nu et mort dans la baignoire de la salle de bains. Évidemment, le photographe fait son métier, on ne peut le lui reprocher. En revanche, le *Stern* fait-il le sien en publiant cette photo en couverture ? L'épouse du suicidé raconta qu'elle fut obligée d'enfermer leurs enfants pour qu'ils ne voient pas à la devanture des marchands de journaux l'image de papa mort dans une baignoire.

Le couple France-Allemagne

Je voudrais maintenant m'éloigner du point de vue strictement personnel et anecdotique adopté jusqu'ici et réfléchir sur ce thème si difficile dans sa généralité : le couple France-Allemagne, mais du point de vue d'un Français, cela va de soi.

Sans remonter au déluge, on pourrait évoquer l'absolu contraste qui opposa la France et l'Allemagne entre 1770 et 1830.

Cette décennie extraordinaire voit naître Chateaubriand en 1768, Napoléon en 1769, et, côté allemand, Hölderlin, Hegel et Beethoven en 1770, puis Metternich en 1773. C'est la génération de la Révolution et de l'Empire. Elle a été précédée par une génération née sous l'Ancien Régime, tantôt solidaire de lui, tantôt en rébellion contre lui, et qui comprend Kant, Herder,

Goethe et Schiller côté allemand, Rousseau, Talleyrand, Robespierre côté français.

La comparaison de ces destins et de ces caractères fait ressortir une évidence : l'action — et singulièrement l'action politique — est du côté français. La création — philosophique, littéraire et musicale — du côté allemand. Et inversement, il y a un désert culturel français qui s'équilibre avec le vide politique de l'Allemagne de ce temps.

Ce qui est bien remarquable aussi, c'est l'attention fascinée avec laquelle l'intelligentsia allemande observe les changements qui s'opèrent de l'autre côté du Rhin. Du fond de son lointain Königsberg, Kant ne perd rien des idées nouvelles, et il a placé dans sa chambre le portrait de J. J. Rousseau, non certes pour *Les Confessions* — qui sont pourtant le fondement de toute la littérature occidentale moderne — mais pour *Du Contrat social*. La prise de la Bastille — minimisée par le témoin oculaire Grimm — trouve dans le

Don Carlos de Schiller son équivalent littéraire.

Mais c'est surtout Bonaparte qui va susciter chez les intellectuels allemands un enthousiasme que nous avons du mal à nous expliquer. Beethoveen lui dédie sa *Symphonie héroïque* (il s'en repentira il est vrai et effacera la dédicace). Mais en 1806 Hegel, descendu dans la rue à Iéna, après avoir tracé les dernières lignes de la *Phénoménologie de l'esprit,* écrit dans une lettre datée du 13 octobre à Niethammer qu'il a vu passer sur son cheval blanc « l'âme du monde ». De son côté, Goethe ne manque jamais de tomber sur le ventre chaque fois qu'il entend prononcer le nom de Napoléon. Le culte que lui rend Heine s'explique — mais ne s'excuse pas pour autant — par les mesures de libéralisation prises par l'empereur des Français à l'égard des juifs allemands.

Le corps et l'âme. Telles semblent être la France et l'Allemagne en ces soixante années mémorables et fondatrices. La France agit sans penser, l'Allemagne pense sans agir. Une double erreur sans doute.

Le chapitre suivant de l'histoire de la France-Allemagne s'appelle Bismarck.

Il était né le 1er avril 1815, jour facétieux, mais année de la bataille de Waterloo. Sa ville natale, Schönhausen, était située sur l'Elbe, tout au nord de la Saxe, et relevait de la juridiction de Magdebourg. Pour les Français, il incarnait la Prusse sous son aspect le plus brutal, et ils l'imaginaient comme une statue de métal — le chancelier de fer —, coiffé d'un casque à pointe et chaussé de bottes si hautes qu'elles ressemblaient à celle d'un égoutier de luxe.

En réalité, il détestait l'armée et d'ailleurs il avait grandi non dans un prytanée militaire — celui de Plön par exemple, pépinière d'élèves officiers — mais dans un internat civil. Cette apparence métallique qu'il se donnait à grand-peine recouvrait un homme contradictoire dont les faiblesses n'échappaient à aucun de ses familiers. Il était grand mais mince — dans sa jeunesse au moins. Une voix de fausset desservait ses interventions publiques. Mais surtout il souffrait d'une émotivité maladive qui se déchargeait en crises de larmes. Tout le personnage était fabriqué et se trahissait par une tension perpétuelle, un air de fierté blessée qu'il portait sur le visage. Cet insomniaque souffrait de coliques néphrétiques et de maux de tête inexplicables. Personne ne l'a jamais vu rire.

En vérité, Bismarck ne se conçoit pas sans son souverain Guillaume Ier. Sa carrière est l'histoire d'un couple à la fois orageux et inséparable, cas assez classique dans l'histoire : Louis XIII et Richelieu en fournissent un autre exemple. Il commence par une carrière diplomatique assez terne — à Saint-Pétersbourg et à Paris. Il a quarante-sept ans — âge avancé pour l'époque — quand Guillaume en fait son Premier ministre. Il le reste vingt-sept ans, soit deux ans encore après la mort de son roi.

La carrière de Bismarck, jalonnée de succès éclatants, se solde paradoxalement par un bilan négatif. Il déclenche de propos délibéré trois guerres pour assurer l'hégémonie continentale de la Prusse. En 1864 contre le Danemark, en 1866 contre l'Autriche, en 1870 contre la France. Mais il est plus politique que guerrier, et il cherche toujours à atténuer ses victoires par des traités modérés préservant l'avenir. Il y parvient rarement par la faute du roi et de son entourage militaire. Après la victoire de Sadowa, il va jusqu'à menacer de se suicider — il l'aurait fait — si la guerre est poursuivie à outrance et risque de jeter l'Autriche dans les bras de la France ou de la Russie. En 1871, il est hostile à l'annexion de l'Alsace et de la Lorraine, car il pressent qu'elle sèmera une guerre de revanche. Il doit cependant s'incliner devant les considérations stratégiques de l'état-major. On dirait qu'il ne se résout pas à l'effet destructeur d'une défaite moderne sur un régime ou une dynastie. Jadis un roi vaincu payait le prix de sa défaite, puis la vie reprenait son cours. Depuis la Révolution française, il est aussitôt menacé d'abdication, et le spectre d'une république se dresse. En provoquant la chute de Napoléon III et l'avènement de la IIIe République, Bismarck a agi à l'encontre de ses intentions et de ses convictions. Mais toute sa carrière se caractérise justement par ces sortes de victoires à la Gribouille. Telle fut à coup sûr la proclamation de l'Empire allemand le 18 janvier 1871 au château de Versailles.

Jamais sa mésentente chronique avec Guillaume ne fut aussi violente. « C'est le jour le plus triste de ma vie », dit Guillaume Ier devenu contre son cœur empereur d'Allemagne. Car le même événement était considéré par les deux hommes selon une optique opposée, de même qu'un damier peut être envisagé aussi bien comme des carrés blancs sur fond noir que comme des carrés noirs sur fond blanc. Pour Bismarck, l'empire devait assurer l'hégémonie de la Prusse sur les autres États allemands. Pour Guillaume, c'était au contraire le début de la dissolution de la Prusse au sein d'une communauté amorphe. La suite lui a donné raison. Hitler, produit du Sud austro-bavarois catholique, n'a eu de cesse d'effacer par sa *Gleichschaltung* la personnalité des divers États allemands, à commencer par la Prusse. Les junkers prussiens l'ont entendu ainsi, et leur réponse a été l'attentat du 20 juillet 1944, qui eut lieu en Prusse-Orientale et où les plus grands noms prussiens étaient impliqués.

Bismarck a toujours lutté pour maintenir intactes les prérogatives du pouvoir royal. Il s'est opposé de toutes ses forces — hélas avec succès ! — à l'évolution de la monarchie prussienne vers un parlementarisme à l'anglaise. Un conservatisme têtu qui ne doit pas être confondu cependant avec un immobilisme réactionnaire, car il a mis sur pied un système d'assurance maladie qui peut être considéré comme l'ancêtre de la Sécurité sociale. Mais tous ces pouvoirs qu'il a voulu maintenir entre les mains de Guillaume Ier — qui lui obéissait en gémissant — sont passés en 1888 entre les mains de Guillaume II, lequel n'eut qu'une hâte : se débarrasser du vieux chancelier devenu encombrant. Guillaume II a véritablement été le châtiment de Bismarck au sens hugolien du mot. « Au train où vont les choses, dit-il, vingt ans après ma mort, les Hohenzollern seront déchus. » Pour une fois, il voyait juste. Il est mort en 1898. Vingt ans plus tard, c'était 1918.

Cette guerre de 14-18, c'est véritablement Guillaume II qui l'a perdue. Comment ? La question est brûlante pour tous ceux dont la passion est de refaire l'histoire. Rappelons d'abord que l'Allemagne unifiée — telle qu'elle le fut heureusement de façon fragile et temporaire — constitue une nation plus puissante que la France. D'abord par le nombre de ses habitants, ensuite par une industrialisation qui a toujours vingt ans d'avance sur celle de la France. Donc toute confrontation doit tourner à la défaite de la France. Ce fut le cas en 1870 et en 1940. Ce serait encore le cas aujourd'hui. La victoire de la France en 1918 constitue un paradoxe qui exige une explication.

L'historien Sébastien Haffner rappelle à juste titre les origines anglaises de Guillaume II. Par sa mère, il était le petit-fils de la reine Victoria. En 1901, il avait ému les Anglais en passant des semaines au chevet de la vieille souveraine mourante, et on l'avait vu suivre en larmes son cercueil. Malheureusement, cette hérédité devait lui inspirer un goût immodéré pour la marine, et il déclare lors de l'inauguration du nouveau port de Flensburg : « L'avenir de la Prusse est sur mer. » Puis il confie à l'amiral Tirpitz la mission de construire une flotte de guerre supérieure à celle de l'Angleterre. En 1912, il repousse l'offre de limitation réciproque de la construction navale de guerre que lui fait le ministre anglais de la Guerre, lord Haldane.

Ce rêve maritime devait avoir deux conséquences qui sauvèrent la France en 14-18. D'abord la construction de la flotte allemande absorba une bonne part du budget militaire. C'était autant de moins pour l'armée de terre dont la France eut à subir le choc. Mais surtout l'Angleterre, qui aurait pu en 1914 se cantonner dans une neutralité bienveillante pour Guillaume II, bascula dans le camp français, entraînant en 1917 les Américains, exaspérés eux aussi par la présence de la flotte allemande dans l'Atlantique.

On peut s'amuser à refaire l'histoire. Si

Guillaume II n'avait jamais songé à une quelconque hégémonie maritime, il aurait sans doute gagné la guerre de 14-18 et sauvé sa dynastie. Hitler aurait perdu sa raison d'être majeure qui était la défaite de 1918. Mais le rêve devient cauchemar quand on envisage le sort de la France. La IIIe République vaincue aurait sans doute été balayée — comme elle le fut en 1940. Un affrontement entre la droite et la gauche aurait sans doute tourné à l'avantage de la droite. La France aurait eu Pétain dès 1918, ou en mettant les choses au pire un Hitler français...

Ensuite s'ouvre le temps de Marx, et une généalogie d'une noirceur d'enfer. *Hegel genuit Marx qui genuit Lenine qui genuit Staline.* Il faudrait ajouter à cette généalogie tous les tyrans et tyranneaux d'aujourd'hui qui se sont réclamés du socialisme, de Castro à Pol Pot. Le discrédit de l'idéologie marxiste a été renforcé en France par la tradition germanophobe. Lors du fameux congrès de Tours en 1920 apparut la scission entre un parti socialiste « à la française » inspiré par Léon

Blum et un parti communiste dirigé par Marcel Cachin fidèle à l'orthodoxie germano-russe de Marx et Lénine. Ces vieilles structures se sont retrouvées dans les deux socialismes allemands, celui de Willy Brandt et celui de Walter Ulbricht. Je ne peux m'empêcher de rappeler ici le *Witz* qui courait en DDR : « Marx a partagé son héritage entre les deux Allemagnes, à la BRD il a légué *Le Capital* et à la DDR *Le Manifeste du parti communiste.* »

À mesure qu'on s'éloigne de la période nazie, celle-ci apparaît pour ce qu'elle fut : une brève crise de folie. Brève elle le fut : 33-44. Un peu plus de onze ans. Quant à sa folie, elle se mesure à l'ampleur de la catastrophe qui l'a terminée. « Les Allemands exagèrent toujours », sont tentés de dire les Français. Par exemple, chaque pays a fait et continue à faire l'expérience de l'inflation monétaire. Mais aucun pays n'a connu une crise inflationniste telle que celle que traversa l'Allemagne en 1923. Chaque nation a essuyé des défaites. Mais jamais de mémoire d'historien un pays n'a connu un désastre comparable à la défaite allemande de 1945. Aller toujours au paroxysme de tout. Tel semble être le destin de l'Allemagne.

Peut-être puis-je ajouter ici une idée paradoxale, mais dont j'ai souvent trouvé l'illustration dans mes voyages : chaque peuple revendique la vertu dont il est en vérité le plus dépourvu. Il en va ainsi du fair-play anglais, du sens de l'honneur espagnol, de la propreté hollandaise et de la prétendue joie de vivre méditerranéenne.

S'agissant de l'Allemagne, il faut se garder de prendre pour argent comptant ses prétentions à l'ordre, le travail, la rationalité, l'efficacité, la méthode. « *Ordnung muss sein im Hause !* » Le travail ? L'Allemagne est le pays d'Europe où le salarié totalise le minimum d'heures de travail. Les étrangers qui voyagent en Allemagne sont effarés de trouver les magasins fermés le samedi, jour par excellence où on fait les courses en France et ailleurs. La ponctualité ? C'est une religion dans les chemins de fer français. Aussi dit-on volontiers des trains italiens qu'on sait quand ils partent, mais qu'on ne sait jamais quand ils arrivent. Or les trains allemands sont pires, car on ne sait pas non plus quand ils partent. Le voyageur français doit s'habituer à ne pas bondir sur sa valise quand il constate que son train allemand dans lequel il est assis aurait dû être parti depuis cinq minutes. Non, il ne s'est pas trompé de train — comme ce serait à coup sûr le cas en France —, il est dans le bon train, mais c'est un train allemand. Il partira quand il plaira au chef de gare ou au conducteur.

Il en va de même des taxis. Je débarque un jour à la *Hauptbahnhof* de Francfort. Je prends un taxi et je lui donne l'adresse d'un hôtel situé en plein centre de la ville. Cinq minutes plus tard, nous filons sur l'autoroute en direction de Mannheim. Je demande au chauffeur s'il ne s'est pas trompé. « Je ne sais pas, monsieur, me répond-il, je ne connais pas la ville de Francfort. » Ce sont des choses qu'on ne voit qu'en Allemagne.

Mais on comprend le rêve allemand d'ordre et de méthode quand on jette un simple coup d'œil à une histoire qui, de la guerre de Trente Ans à la chute du mur de Berlin, n'est qu'un perpétuel et noir chaos.

On me dira : et les Français ? Quelles sont donc les vertus dont ils se réclament et sont totalement dépourvus ? Il n'est que de les écouter pour le savoir. Ils revendiquent l'esprit, la légèreté, la finesse, l'ironie, bref toutes les qualités qu'on trouve chez Jean Paul, Hölderlin, Goethe, Heine, les petits châteaux baroques et la musique de Mozart et de Schubert. Mais qu'en est-il en vérité ? En vérité le Français est un fier-à-bras dont l'ambition est toujours d'éclipser le reste de l'humanité. Ses écrivains sont des encyclopédistes qui prétendent faire entrer la totalité du savoir et du monde dans une œuvre massive, énorme, définitive. Faire en sorte qu'il ne reste plus rien à écrire après eux. Tels sont Rabelais, Balzac, Zola et bien d'autres. Il fallait un poète français pour oser intituler une de ses œuvres *La Légende des siècles* — c'est Victor Hugo — ou pour prétendre écrire une œuvre absolue, mettant un point final à l'histoire des lettres. C'est Mallarmé.

Même mégalomanie dans l'architecture. Le château de Versailles est le plus grand château du monde. La tour Eiffel l'édifice le plus haut du monde, Roissy l'aéroport le plus grand du monde. Et bien entendu le *Normandie* était le paquebot le plus luxueux et le plus rapide du monde.

Quant aux grands personnages de l'histoire de France, ils sont eux aussi frappés de gigantisme. Louis IX était un saint, Jeanne d'Arc était une sainte. François Ier un géant de deux mètres. Louis XIV, le Roi-Soleil. Et de Napoléon, Metternich a dit après la campagne de Russie : « Tout pourrait encore s'arranger s'il voulait se contenter d'être plus grand que Louis XIV. » Et je ne parle pas de De Gaulle…

Dans l'image idéale que les Français se font d'eux-mêmes, leurs préférences concernant les écrivains sont bien révélatrices. Quel est l'écrivain français par excellence pour la majorité des Français ? Victor Hugo sans doute ? Sûrement pas !

Un sondage effectué à l'occasion du tricentenaire de la naissance de Voltaire en 1994 a révélé qu'il occupait la première place dans l'imagerie du Français moyen. Il y a là de quoi être consterné. Voltaire se voulait avant tout auteur dramatique. Il ambitionnait d'être à la fois Racine et Shakespeare. Or son théâtre est nul, et aucun metteur en scène ne songe à reprendre une de ses pièces. Ses ouvrages d'histoire sont également tombés dans l'oubli. Que reste-t-il donc ? On cite régulièrement ses contes. Mais Voltaire était dépourvu au dernier degré de tout sens du merveilleux et du fantastique. Ses contes — auxquels il n'attachait lui-même que peu d'importance — sont d'une sécheresse et d'une indigence qui les placent très loin derrière ceux de Charles Perrault ou d'Andersen. Quant à la philosophie, son *Dictionnaire philosophique* est scandaleux de platitude, de superficialité et même de bassesse. De Voltaire, il ne reste pas une seule œuvre qui mérite le titre de classique. Qu'importe ! Les Français en sont réduits à chercher chez l'un de leurs auteurs les plus médiocres les vertus d'ironie et de grâce légère qu'ils revendiquent et qu'ils ne trouveraient que chez des écrivains étrangers comme Swift, Heine ou Oscar Wilde.

Le Français est un éléphant qui se prend pour une ballerine.

On pourrait bien sûr me mettre moi-même sur la sellette et me demander comment je me vois moi-même, écrivain français de la fin du XXe siècle. Eh bien, j'avouerais que je suis français avec tous les défauts et les illusions que cela comporte. J'ai parlé de la mégalomanie des écrivains français. Je n'y échappe pas à en juger par cette conclusion d'une préface que j'ai écrite pour une pièce de théâtre, *Le Fétichiste* :

« Les physiciens admettent que la matière est faite d'énergie. Je souscris à cette hypothèse à condition de préciser qu'il s'agit d'énergie cérébrale. En d'autres termes, il dépend de mon cerveau d'opérer dans le monde tel ou tel changement de son choix, création ou disparition. Il suffit qu'il en ait la force. De même qu'il ne dépend que de ma force musculaire de déplacer tel ou tel poids — plume ou montagne.

« C'est pourquoi on sous-estimerait ridiculement ma volonté de puissance si l'on concluait de mes textes que je n'écris que pour me consoler de n'être pas un despote oriental en pavane sur un tapis de corps tremblant de peur et de vénération.

« Non, on l'aura compris j'espère, le seul être dont je revendique la place, c'est Dieu. »

Parenthèse helvétique

Les vacances en Suisse faisaient partie des traditions familiales et elles s'articulaient régulièrement avec nos voyages en Allemagne. Nous passions sans problème d'un Fribourg à l'autre. Mais tout de même la Suisse n'est pas l'Allemagne, même la Suisse alémanique, et notre éducation politique en ces années maudites — 1930-1939 — s'enrichissait de leur contraste.

Le meilleur ami de mon père était bernois et s'appelait Arthur Immer. Béni soit son souvenir ! Sa fille Erika compte toujours parmi mes amies les plus chères. Quand la guerre éclata en 1939, Arthur Immer proposa à mon père de me prendre en charge à Berne. Je refusais. J'avais quatorze ans. J'avais tort. C'était très dangereux d'être jeune à cette époque. Trois fois j'ai failli laisser ma peau dans les événements qui suivirent. Mais d'un autre côté si j'avais accepté, toute ma vie basculait. Je changeais non seulement de nationalité, mais de langue, et cela à un âge où la langue maternelle n'est pas encore tout à fait fixée. La métamorphose aurait été considérable, catastrophique peut-être pour ma vocation littéraire, d'autant plus que l'allemand bernois que j'aurais adopté s'écarte fortement de la langue de Goethe, c'est le moins qu'on puisse dire.

Il reste que la Suisse est pour moi un pays béni où je retourne régulièrement avec bonheur, et pour une très simple raison. L'Allemagne m'a immensément enrichi. C'est une part de ma vie et une part de moi-même. Mais avec quelles zones d'ombre ! « Allemagne, notre mère à tous ! » s'écriait Gérard de Nerval au bord du Rhin. Oui sans doute, mais une mère ogresse, une mère aux grandes dents menaçantes et dangereuses. Mais la Suisse, la Suisse alémanique, c'est justement une Allemagne innocente, une Allemagne sans l'Allemagne.

Je bous de colère quand j'entends ou lis parfois des accusations formulées par des Français à l'égard de la politique de la Suisse pendant les années de guerre. À cette époque, la Suisse n'était qu'un minuscule îlot de paix et de liberté cerné de tous côtés par l'Allemagne nazie et l'Italie fasciste. La France, c'était Pétain et Laval. Le Français qui ose la critiquer mérite un coup de pied au cul. Car il y avait un indiscutable courage dans l'attitude officielle de la Suisse. Je ne peux oublier la joie avec laquelle nous écoutions chaque vendredi soir sur Radio-Genève le commentaire de la semaine par René Payot. Quelle bouffée d'oxygène au milieu des miasmes charriés par Radio-Paris ! Chaque fois que je vais à Genève, je salue la rue qui porte le nom de celui qui nous rendait avec une lucidité admirable le sourire et l'espoir au plus noir de la guerre.

Je rappellerai aussi une histoire qui circula en France à une époque où les avions de la RAF anglaise survolaient la Suisse pour bombarder l'Italie. Il s'agissait d'un dialogue imaginaire échangé par radio entre le chef d'une batterie de DCA suisse et le pilote d'un bombardier anglais :

Le Suisse : Vous venez de pénétrer sur le territoire suisse.
L'Anglais : Je sais.
Le Suisse : Si vous ne faites pas immédiatement demi-tour, j'ouvre le feu.
L'Anglais : Je sais.
La DCA suisse se déchaîne.
L'Anglais : Vous tirez cent cinquante mètres trop bas.
Le Suisse : Je sais.

Oui, c'est toujours avec la même joie que je retourne en Suisse. Mais quelle Suisse ? Car il y en a plusieurs et chacun a la sienne. Sans oublier les langues. J'ai entendu cette vérité paradoxale : « Si les Suisses s'entendent si bien, c'est parce qu'ils ne se comprennent pas. » Ma Suisse à moi, c'est Zurich, la Suisse la plus forte, la plus internationale. Je n'évoquerai pas toute son histoire séculaire. Je rappellerai seulement que deux révolutions sont parties de Zurich quasiment à la même époque — 1916. La révolution Dada de Tristan Tzara et la révolution bolchevique de Lénine. On m'accordera que le rapprochement ne manque pas de saveur.

Et je ferais preuve d'ingratitude si je ne saluais pas au passage l'hôtel Storchen — Les Cigognes — dont la situation au bord de la Limmat et sa salle à manger sous véranda font toujours mon bonheur.

Épisodes présidentiels

Le hasard a placé mes relations avec François Mitterrand sous le signe de l'Allemagne. C'est en effet le photographe allemand Konrad Müller qui m'a mis en rapport avec le président français. Il avait consacré un livre de photos à Anouar al Sadate et un autre au chancelier Willy Brandt. Il se présenta en 1983 à l'Élysée en proposant à François Mitterrand de faire l'équivalent pour lui, ce qui supposait qu'il le « piste » plusieurs mois durant. Le président accepta. Le travail avançant, on choisit un éditeur — ce fut Flammarion — et un préfacier, et mon nom fut prononcé, sans doute parce que j'avais publié plusieurs livres sur la photographie. J'acceptai cette « commande » qui me suggéra un titre assez excitant : « Images du pouvoir et pouvoirs de l'image ».

Un jour, Konrad Müller me téléphona. Ses photos étaient prêtes et il avait rendez-vous avec François Mitterrand pour les lui soumettre. Voulais-je l'accompagner ? C'est ainsi que je rencontrai François Mitterrand pour la première fois le 6 juillet 1983. Comme il nous reconduisait à la porte de l'Élysée, il me dit : « Je crois savoir que vous habitez un presbytère dans la vallée de Chevreuse ? — Oui, Monsieur le Président — Si vous m'invitez, je viens. » Que répondre à cela ? « Monsieur le Président, je vous invite. »

Les jours passèrent. Je n'y pensais plus. En plein mois d'août, le téléphone sonne. « Ici le secrétariat de l'Élysée. Le président vous demande s'il peut répondre à votre invitation et venir déjeuner mardi 23. »

Ainsi s'établit une habitude. C'était toujours un mardi au sortir du conseil des ministres. Ses services avaient repéré un champ à proximité où se posait son hélicoptère venu de l'Élysée. Là, une voiture l'attendait et le conduisait au presbytère. Il se faisait accompagner par Jacques Attali, Érik Orsenna ou son fils Gilbert. La conversation roulait sur des sujets littéraires, mais j'avais à tout moment l'occasion de mesurer l'abîme qui séparait le microcosme d'un grand responsable politique de celui d'un artisan-écrivain dans mon genre. J'ai eu en d'autres rencontres le sentiment de cette disparité avec des hommes appartenant à d'autres mondes — finance, religion, médecine, ou même théâtre ou cinéma. Nous retrouvions un terrain politique quand il m'interrogeait sur l'Allemagne de l'Est où je me rendais alors régulièrement. Je lui rapportai une scène étonnante à laquelle j'avais assisté dans la rue principale de Dresde. Un officier de police en uniforme déambulait solitaire et imperturbable. Or il était accompagné, poursuivi, précédé par un homme en civil qui l'apostrophait et l'insultait violemment. Le remarquable, c'est qu'aucun passant n'attachait visiblement la moindre importance à cette scène. Elle semblait se dérouler dans l'imaginaire. Un seul témoin la suivait avec ébahissement, moi. Je n'en suis pas encore revenu. Toujours est-il que la RDA m'a fait comprendre le problème numéro un du socialisme : le fonctionnaire, et les privilèges qui s'attachent à sa dignité. Certes la France n'est pas la RDA, mais les grèves à répétition des fonctionnaires soucieux de défendre leurs privilèges — notamment sur le plan des régimes de retraite — sont un fléau national qui n'a pas d'autre source.

Je ne cachais pas à Mitterrand que je tenais cette RDA pour une création artificielle, rejetée par la très grande majorité de ces citoyens et qui sombrerait dès que l'URSS cesserait de la porter à bout de bras.

Ces propos étaient ingrats, si l'on considère la faveur avec laquelle j'étais traité de l'autre côté du Mur. On m'avait élu à l'Académie des arts de Berlin-Est, et j'étais sans doute l'un des très rares écrivains occidentaux traduits et diffusés en RDA. Mais c'était une vérité qui crevait les yeux. En revanche, je me rendais mal compte à quel point cette opinion pouvait déplaire à François Mitterrand. Car il appréciait à sa manière l'Allemagne de l'Est. Il redoutait une réunification qui ferait de l'Allemagne un voisin d'une taille et d'une puissance à ses yeux exorbitantes. Il faisait sien sans réserve le mot de François Mauriac : « J'aime tellement l'Allemagne que je me réjouis qu'il y en ait deux. »

Il eut deux fois l'occasion de manifester sa sympathie pour la RDA. La première fut la réception qu'il organisa à l'Élysée le jeudi 7 janvier 1988 en l'honneur d'Erich Honecker en visite officielle en France. J'étais invité, mais j'appris au cours de la soirée que c'était de la part de l'ambassade de la RDA à Paris. Honecker et François Mitterrand accueillaient les invités sur le seuil de la salle de réception. Mitterrand me dit : « C'est vous qui m'avez révélé la Prusse. » Il faisait allusion au livre *Profils prussiens* de Sébastien Haffner préfacé par moi que je lui avais fait envoyer.

La quantité et la qualité des invités dénotaient à coup sûr un indiscutable désarroi de la part du chef du protocole. Il y avait de quoi : qui inviter en l'honneur d'Erich Honecker, obscur fonctionnaire de l'appareil communiste ? La réponse avait été : tout le monde. Et en effet il y avait au moins deux cents convives, parmi lesquels on reconnaissait avec étonnement Juliette Gréco, Marcel Marceau, Alain Robbe-Grillet, Georges Moustaki, Gilbert Bécaud, Antoine Vitez, etc., tous se demandant visiblement ce qu'ils étaient venus faire là.

J'étais assis entre Joëlle Timsit, ambassadrice de France à Berlin-Est, et Maurice Schumann. Ce dernier m'annonça qu'il y avait cinq fauteuils vacants à l'Académie française et qu'il les verrait volontiers occupés par des membres de l'Académie Goncourt, par exemple François Nourrissier, Robert Sabatier, Hervé Bazin et moi. Je lui rappelai qu'au lendemain de la Libération, de Gaulle avait déjà eu l'idée de fondre l'Académie Goncourt dans l'Académie française.

C'était la première fois que je rencontrais Schumann et que j'entendais directement sa voix. Je lui dis mon émotion et que je ne pouvais oublier les années noires de l'Occupation quand on écoutait sur Radio-Londres *Les Français parlent aux*

Français. Une voix si particulière et si célèbre qu'elle méritait d'être classée monument historique.

Le second hommage que François Mitterrand devait rendre à la RDA se situa le 6 octobre 1989, lorsque Erich Honecker invita tous ses amis — à commencer par Mikhaïl Gorbatchev — à fêter à Berlin-Est le 40e anniversaire de la RDA. François Mitterrand accomplit ce voyage étrange en une République fissurée de toutes parts dont le naufrage ne faisait plus de doute. Il eut lieu quelques jours plus tard — le 18 octobre — lorsque Egon Krenz remplaça Honecker.

Il y aurait beaucoup à dire sur les sentiments que les Allemands des milieux officiels de la RDA entretenaient à l'égard des Soviétiques. D'une part, c'était leurs alliés et ils n'oubliaient pas les sacrifices immenses consentis par eux pour extirper le nazisme d'Allemagne. Le soldat de l'armée Rouge avait sauvé l'Europe de la domination hitlérienne. Mais il y avait eu ensuite une occupation d'une extrême brutalité avec son cortège de viols et de pillages. L'URSS avait procédé au démontage des usines allemandes, voire à l'arrachage des voies ferrées pour les expédier en URSS, alors que l'Allemagne de l'Ouest se reconstruisait grâce aux dollars du plan Marshall. Mais déjà sur cet amer sujet, on se racontait des histoires où perçait le mépris des Allemands pour les Russes. Telle ou telle usine allemande par exemple gisait « démontée » et prête à prendre le chemin de l'Est. Mais les Soviétiques n'en finissaient plus d'en prendre possession, et les Allemands les harcelaient : les nouvelles machines étaient là, prêtes à être montées, et les Soviétiques étaient instamment priés de libérer les locaux dans les plus brefs délais !

Le hasard voulut que je me trouve à Berlin-Est fin avril 1986 quand eut lieu la catastrophe de Tchernobyl. Que n'ai-je pas entendu dans les milieux officiels ! Ce n'était que cris et imprécations contre l'incapacité invétérée des Soviétiques : « *Die typische russische Schlamperei !* » Le foutoir typiquement russe ! Un affectueux mépris, voilà le sentiment que nombre de dirigeants est-allemands manifestaient à l'égard de leurs alliés et amis soviétiques. Pour eux, le seul vrai communiste ne pouvait être qu'allemand.

Ces occupants russes de la RDA devaient traverser de rudes épreuves quand la réunification devint effective. Ils étaient là depuis un demi-siècle et possédaient leurs jardins d'enfants, leurs écoles, leurs magasins d'alimentation et leurs hôpitaux, le tout financé par l'État allemand à titre de frais d'occupation. Il convient de rappeler que cet État ne tenait en place que grâce à cette présence militaire soviétique en face d'une population allemande qui lui était majoritairement hostile.

Combien étaient-ils, ces occupants russes ? Dans leur livre *Rote Stern Über Deutschland,* Ilko-Sascha Kowalcznuk et Stefan Wolle donnent les chiffres de 320 000 militaires auxquels s'ajoutaient les 220 000 membres de leurs familles. Beaucoup plus d'un demi-million au total. Leur « déménagement » s'aggravait de plusieurs navires, de centaines de trains et de milliers de camions contenant leurs biens et leurs meubles. Et que faire de tout ce monde en territoire russe ? Évidemment on songe d'abord à une naturalisation allemande. Il ne pouvait en être question s'agissant de militaires ne vivant que de leur solde. L'Allemagne de l'Ouest se devait de « faire un geste ». L'échange des marks de l'Est (qui ne valaient pratiquement rien) contre des marks-Ouest au taux de 1 pour 1 avait déjà coûté des milliards au contribuable ouest-allemand. Il dut ajouter 8,35 milliards de marks pour construire un total de 43 500 logements dans 40 localités de Russie, Biélo-Russie et Ukraine.

Épilogue weimarien

Les Allemands ont toujours eu le don de me faire certes du bien au total, mais de la manière la plus éprouvante, la plus cruelle. Toutes les pages précédentes en sont l'illustration. Leur dernière trouvaille se situa en l'an 1999 et débuta par un coup de téléphone provenant de Weimar. Il s'agissait de la Stiftung Weimarer Klassik, à laquelle incombait l'organisation des fêtes du 250ᵉ anniversaire de la naissance de Goethe, qui tombait cette année-là le 28 août exactement.

Que me voulait-on exactement ? Eh bien, on avait pensé à moi pour prononcer le discours officiel devant le président de la République fédérale et les autorités officielles. Oh, très peu de chose en somme, un discours de quarante-cinq minutes en allemand sur un sujet neuf, Goethe... Je me récriai. Je n'étais ni allemand, ni même germaniste ! Justement, on avait pensé en haut lieu que ce serait original et intéressant d'avoir ainsi le témoignage d'un écrivain étranger. Je me débattais dans ce filet. « Monsieur Tournier, vous ne pouvez pas dire non ! » Je finis par dire oui. On notera ce raffinement de cruauté, cette date du 28 août. Autrement dit, j'allais traîner pendant tout l'été cette tâche écrasante qui m'attendait, comme on dit, « pour la rentrée ».

J'y fus donc. Ce samedi 28 août 1999, la petite ville de Weimar — 60 000 habitants — connaissait une grande liesse. Une foule compacte déambulait dans la Schillerstrasse, sur le Wielandplatz et la Luthergasse, périodiquement arrosées par des orages violents. Dans chaque vitrine se dressaient des bustes de Goethe, en plâtre, en plastique, en métal, et on se montrait avec admiration le magasin d'un charcutier qui avait sculpté le sien dans un bloc de saindoux. Un restaurant affichait un « menu Goethe », qui était servi par des garçons habillés en Werther et des serveuses déguisées en Lotte. Comment ignorer qu'on fêtait ce jour-là le 250e anniversaire du grand écrivain national ?

La place du Théâtre national était noire de monde. Certes, la double statue de Goethe et de Schiller par Rietschel s'y dressait fièrement, les mains nouées autour d'une couronne de lauriers. On raconte que leur taille égale est une entorse à la vérité, car en réalité Schiller dominait Goethe d'une bonne tête. Mais c'était surtout une grande cage installée tout contre le monument qui faisait la joie du public. Trois garçons et trois filles peints et masqués en chimpanzés s'y balançaient en grimaçant et en se grattant les aisselles, accrochés d'une main aux barreaux. On leur jetait des bananes et des cacahuètes qu'ils attrapaient avec des grognements reconnaissants.

« Ce sont aussi des Français, précisa-t-on à l'écrivain français. Admettez que les édiles de Weimar se sont montrés libéraux en autorisant cette exhibition de dérision ! »

La salle du théâtre ruisselait de toilettes

et de décorations. L'écrivain français fut salué par un tonnerre d'applaudissements qu'il jugea dangereusement anticipés. Il commença par évoquer la personnalité et la vie de François de Théas, comte de Thorenc. On ne le connaît en Allemagne que par les lignes chaleureuses que Goethe lui consacre dans ses *Mémoires*. La guerre de Sept Ans avait abouti à l'occupation de Francfort par les troupes françaises en 1759. Le destin voulut que le gouverneur français de la ville fût logé dans la maison des Goethe. Wolfgang avait dix ans. Il se lia d'amitié avec l'aristocrate provençal qui lui apprit le français, le mena au théâtre voir jouer Racine, Marivaux et Beaumarchais, et l'initia à la peinture contemporaine dont il était féru.

Le lieu ne se prêtait pas à la galéjade, et l'écrivain-français-discoureur évita une incidente qu'il avait cependant notée. Goethe parlait sans doute français avec l'accent méridional de Thorenc. Comme c'était également le cas de Napoléon, leurs fameux dialogues de 1808 à Erfurt et Weimar devaient sonner comme du Pagnol.

Mais qui était Thorenc ? Goethe nous le décrit grand, maigre, grave, le visage marqué par la petite vérole avec des yeux noirs et ardents. Il lui arrivait de traverser des crises d'hypocondrie et de s'isoler des jours entiers dans sa chambre. Puis il reparaissait gai, avenant et actif. Il était né à Grasse en 1719 et avait fait ses études chez les jésuites d'Aix et de Marseille. Il entre dans l'armée en 1734 et fait la guerre en Italie et en Allemagne. Il reste quatre ans gouverneur de Francfort et il est nommé ensuite à Saint-Domingue dans les Antilles. Il finit commandant de la province du Roussillon. Retiré à Grasse en 1770, il y meurt en 1794, assombri par la Terreur.

Une question reste sans réponse, et c'est très dommage. En 1774 paraissent *Les Souffrances du jeune Werther,* première œuvre de Goethe. Le succès est énorme et international. Napoléon dira à Goethe qu'il avait emporté le livre dans ses bagages lors de l'expédition d'Égypte en 1798. Or Thorenc était un homme cultivé qui se tenait au courant de l'actualité littéraire. Il est certain qu'il a entendu parler de ce roman, sans doute l'a-t-il lu. A-t-il identifié dans l'auteur le petit garçon de Francfort qui le suivait partout quatorze ans auparavant ? Aucun document ne le prouve.

À l'époque de Werther, la relation de la France et de l'Allemagne est totalement déséquilibrée et passionnée. De 1770 à 1830, la France connaît des bouleversements historiques retentissants. C'est la Révolution, puis l'Empire. On constate en revanche un grand vide culturel. À part Chateaubriand — qui est l'exact contemporain de Napoléon —, rien. Il faudra attendre deux générations pour voir apparaître Stendhal, Balzac et Victor Hugo.

Côté allemand, c'est l'inverse. Une floraison éblouissante d'écrivains, de musiciens et de philosophes s'épanouit dans un grand vide politique. De là l'admiration des Français pour la culture allemande, qui s'exprime par exemple dans le livre de Germaine de Staël. Et la fascination de nombreux Allemands pour Napoléon. Hegel l'appelle « l'âme du monde sur son cheval blanc », et Goethe s'extasie à son seul nom.

Quant à l'âme allemande, elle est faible, sensible, profonde, mélancolique. Il y a une *morbidezza teutonica* qui s'exprime dans le suicide, celui imaginaire de Werther et celui réel de Kleist et d'Henriette Vogel au bord du Wannsee le 22 novembre 1811.

Dans son discours en l'honneur de Goethe qu'il prononça en 1932 à l'occasion du centenaire de sa mort, Paul Valéry en parle comme d'un Janus Bifrons. Aux Français, il offre le visage bouleversé du romantique Werther. Aux Allemands, il présente le masque impassible du sage classique de Weimar.

À propos de front, l'écrivain français passa prudemment sous silence une amusette qui lui était venue à l'esprit devant l'une des statues de Goethe. La mort de Schiller survenue en 1805 avait mis fin à une amitié passionnée et féconde. Vingt ans plus tard, on exhume son squelette pour changer sa sépulture. Cela donne au sculpteur Eberlein le prétexte d'un buste assez macabre de Goethe où on le voit manipulant le crâne de Schiller. Le crâne de Schiller dans les mains de Goethe ? N'est-ce pas l'illustration d'un petit jeu — pas aussi gratuit qu'il pourrait sembler à première vue — qui est celui des « vies gigognes » ?

Vous choisissez plusieurs personnages célèbres du même domaine — littérature, musique, politique, etc. — dont les dates de naissance et de mort sont telles que leurs vies s'emboîtent comme des poupées russes. Le résultat est souvent intéressant. Ainsi la vie de Chateaubriand « contient » celle de Stendhal, qui « contient » elle-même celle de Byron. Même chose pour Victor Hugo, Théophile Gautier et Charles Baudelaire. Ou encore Cézanne, Gauguin et Van Gogh.

Schiller est né après Goethe et mort avant lui. Donc sa vie est en quelque sorte « contenue » dans la sienne, comme son crâne est enfermé dans ses mains. On pourrait ajouter à ce couple le nom de Novalis, né après Schiller et mort avant lui. En secouant le crâne de Schiller, Goethe n'a-t-il pas entendu celui de Novalis rouler à l'intérieur ?

Le lendemain, l'écrivain français prenait le train pour Paris. Un bien beau train qui quitte Prague à 6 h 19 et arrive à Paris à 21 h 04. Comme il passe par Weimar, on l'appelle le « train Goethe ».

Note sur la Prusse

1885. Il est midi. Comme chaque jour à pareille heure se déroule le rituel de la relève de la garde. Musique en tête, la compagnie descend l'avenue Unter den Linden de la porte de Brandebourg vers le Lustgarten. J'avais sept ans et je faisais partie d'une grappe d'écoliers accrochée au socle de la statue équestre de Frédéric le Grand en face du palais de l'empereur Guillaume Ier. Au moment où la garde passait, le rideau clair de la célèbre fenêtre d'angle du palais fut tiré. Nous vîmes apparaître la haute silhouette du « vieux Guillaume » avec ses favoris et sa redingote ouverte sur un gilet blanc. Nous poussâmes un hourra unanime, cependant que la garde exécutait un pas de parade inimitable dans le déchaînement des cymbales et des tambours. Le vieux monsieur remercia courtoisement de la main, et aussitôt le rideau *retomba. Je sautai du socle, enrichi d'un souvenir historique inoubliable.*

Soixante ans plus tard, dans le crépuscule de février 1945, je me retrouvai au même endroit. La statue de Frédéric II avait été enlevée en raison des bombardements. En face du socle vide béaient les fenêtres noires du palais impérial incendié.

Ainsi commencent les *Mémoires* de Werner Freiherr von Rheinbaben, un Allemand parmi des millions d'autres qui cherchaient à comprendre l'incroyable destin de leur patrie. Ce destin, la Prusse en est l'une des clefs, la plus intelligible peut-être, car le phénomène prussien offre à l'historien un exemple sans doute unique d'une nation née et morte dans un contexte abstrait artificiel, comparable à une expérience de laboratoire. C'est ainsi qu'il est possible avec un minimum d'artifice d'assigner à cet État — qui pesa lourd dans l'histoire européenne — une date de naissance et une date de mort *au jour près*. Date de naissance : 18 janvier 1701, quand le Grand Électeur de Brandebourg est couronné roi en Prusse à Königsberg[1] — sa ville natale, capitale de la Prusse-Orientale — sous le nom de Frédéric Ier. Date de mort : 25 février 1947, jour de la promulgation par le Conseil de contrôle allié (qui tenait lieu à l'époque de gouvernement allemand) de la loi n° 46 ainsi conçue : « L'État de Prusse, qui a été depuis des temps anciens le berceau du militarisme et de la réaction en Allemagne, est aboli. » Cet État aura donc duré 246 ans, 1 mois et 1 semaine.

On peut dire que l'étude de l'histoire de la Prusse et de ses grands hommes s'inscrit totalement en faux contre la définition simpliste et lapidaire de cette loi n° 46. Essayons de nous en faire une idée en opposant deux de ses représentants, le deuxième roi de Prusse en amont, Frédéric-Guillaume Ier, et l'historien et philosophe Oswald Spengler (1880-1936) en aval.

Économie et patience. Telles sont les qualités dominantes des Hohenzollern,

[1]. Il est couronné « König *in* Preusser ». Son successeur sera, lui, « König *von* Preusser ».

logés apparemment à la plus mauvaise enseigne de l'Europe et que la guerre de Trente Ans achèvera de ruiner. Car si le premier roi de Prusse Frédéric Ier est ébloui par son contemporain Louis XIV et tente timidement de faire de Potsdam un petit Versailles, la réaction de son successeur Frédéric-Guillaume est radicale et sans nuance. Il est bien difficile de juger équitablement ce fameux « Roi-Sergent » connu surtout pour ses démêlés avec son fils, le futur Frédéric le Grand, qui éclairent ses pires aspects. C'était indiscutablement une brute ignoble, physiquement monstrueux — trois mètres de tour de taille —, ivrogne, grossier, inculte. Il ne mangeait jamais sans deux pistolets chargés au gros sel posés de part et d'autre de son assiette, avec lesquels il tirait sur les serveurs qui lui avaient déplu. L'un d'eux eut ainsi un œil crevé au cours d'un banquet officiel. Cependant, au moment même où l'Ancien Régime français glissait sur la pente du pouvoir arbitraire et corrompu, Frédéric-Guillaume inventait littéralement un type de monarchie nouveau et, il faut en convenir, d'une inspiration admirable. Il eut tout simplement l'idée — qu'il fit passer dans les faits avec la dernière rigueur — qu'un roi n'est pas le propriétaire de ses sujets, mais leur serviteur, le premier valet du royaume, et comme tel soumis aux obligations les plus contraignantes. Une bonne part des brutalités odieuses qu'il infligea à sa cour et à son fils Frédéric ne s'expliquent pas autrement : c'était sa façon de réaliser le sacrifice total à la nation qui s'impose au monarque comme un impératif absolu. Il administra son royaume avec l'exactitude d'un commis scrupuleux d'autant plus âpre au gain que rien ne lui appartient en propre. On ne saurait surestimer l'héritage qu'il laissa à Frédéric, cette armée prussienne notamment à laquelle il consacrait des soins passionnés et qu'il refusa toujours d'abîmer en l'engageant dans quelque guerre que ce fût. Mais là aussi la folie se mêlait à la raison, car dans toute l'Europe ses émissaires recrutaient, et au besoin enlevaient de force, tout ce qu'ils trouvaient de géants. Tel était en effet le type d'homme qu'il collectionnait en vrai maniaque dans sa garde personnelle. Et le trait le moins pittoresque de sa chronique n'est certes pas ce défilé militaire qu'il organisa dans sa chambre au chevet de son énorme lit où le maintenait une interminable agonie.

Mais c'est à coup sûr dans l'ordre idéologique que cette brute avinée — dont la plus fine plaisanterie consistait à cacher un cochon vivant dans le lit de telle ou telle dame de la cour — a laissé à ses successeurs le plus immortel testament. Il n'est pas exagéré de dire que quelque chose des principes politiques du Roi-Sergent — la personne du roi considérée comme la modeste incarnation de l'idée de l'État — est passé dans la doctrine de Kant, Fichte et Hegel.

Ces principes vont trouver en 1919 leur analyse la plus fine et en même temps la plus vivement paradoxale dans un petit livre écrit par Oswald Spengler au plus chaud des événements qui entourèrent la fin de la monarchie prussienne. La thèse exposée dans *Preussentum und Sozialismus*

(*Esprit prussien et socialisme*) par le futur auteur du *Déclin de l'Occident* est aussi radicale que logique. Selon lui, il ne peut y avoir de socialisme que prussien. Pourquoi ? Parce que l'idée socialiste est inséparable de celle d'État, et l'État n'existe véritablement qu'en Prusse.

La Prusse en effet n'a d'unité ni territoriale, ni linguistique. Sa population s'est formée au cours des âges d'une mosaïque humaine venue de l'est (Polonais), de l'ouest (huguenots) et du sud (Salzbourgeois), dont le seul ciment est un certain consensus idéologique, le sens de l'État prussien justement. Plus encore que le soldat, le pilier de cette société est le fonctionnaire, lequel incarne la conscience civique. En 1788, Kant invente la morale à l'état pur dans sa *Critique de la raison pratique*, et il est bien vrai que l'impératif catégorique ne pouvait être que prussien. L'esprit des nations, pense Spengler, se traduit pleinement par la réponse donnée à la question fondamentale : la volonté de l'individu doit-elle se soumettre à celle de la communauté, ou la volonté commune doit-elle obéir à celle de l'individu ? Selon l'instinct français, le pouvoir est foncièrement mauvais. Il importe de lutter sans cesse contre toute subordination. Égalité pour tous, anarchisme idéal, et en fait une alternance de révolutions débouchant sur le désordre et de régimes autoritaires accumulant les rancœurs et les impatiences. Tout aussi hostile à l'État, l'esprit anglais s'épanouit dans le mercantilisme et la libre concurrence. L'Angleterre aurait volé en éclats depuis longtemps si son insularité ne lui fournissait — malgré les Anglais — un cadre géographique parfaitement rigide.

Un monstrueux mélange de ces trois mentalités explique le marxisme. Prussien d'origine, mais fixé à Londres, Marx amalgame le moralisme allemand (le prolétaire est bon, le capitaliste est mauvais), le mercantilisme anglais (tout se ramène finalement à l'économie) et l'égalitarisme français. Selon Spengler, le marxisme est donc une construction hétéroclite, séduisante parce que chacun y trouve ce qu'il cherche, mais incohérente et non viable.

Car dans un véritable socialisme, le travail n'est pas une marchandise — comme le veut Marx sous l'influence du mercantilisme anglais — mais un devoir moral. La place assignée à chacun dans le corps social répond à une vocation assumée librement et de façon désintéressée. Le seul socialiste digne de ce nom serait l'Allemand August Bebel (1840-1913), parce qu'il concevait la communauté des travailleurs comme un tout organique, où les femmes, libérées des sujétions sexuelles, joueraient un rôle éminent.

La Prusse n'aura donc été qu'une vue de l'esprit, laquelle a tout de même été assez forte pour faire vivre près de deux siècles et demi un État puissant et redouté. Une sorte d'utopie en somme reposant sur une idée que partageaient un certain nombre d'hommes venus d'horizons parfois bien différents. La littérature nous livre à elle seule des représentants fort caractéristiques de ce courant. On songe à Theodor Fontane, mais il faut citer également Gustav Freytag, l'autre grand romancier prussien. Or ces hommes sont nés dans les années 1820 et morts juste avant la fin du siècle. Ils appartiennent donc à la génération de Bismarck, mais aussi à celle de Gustave Flaubert et de Charles Baudelaire. Mais quel contraste avec leurs contemporains français face à la société de leur temps ! Alors que Flaubert et Baudelaire ne manquent jamais une occasion de crier leur haine et leur mépris pour leurs contemporains — les « bourgeois » —, alors que leurs seules relations avec le pouvoir en place se ramènent à des procès pour offense à la morale publique, Freytag et Fontane construisent toute leur œuvre sur une apologie de la Prusse, son souverain, ses aristocrates, ses commerçants, ses ouvriers, ses paysans, etc. Fontane au niveau des hobereaux, Freytag à celui des commerçants, rivalisent d'éloges et de déclarations d'amour. Le lecteur français peut être agacé par ce parti pris hagiographique qu'il risque de prendre pour du conformisme ou de la servilité à l'égard du pouvoir. Ce qu'il faut bien comprendre pourtant, c'est que cette littérature exprimait un vaste consensus national sans lequel la Prusse ne pouvait exister, car elle se ramenait à lui.

Mais, après l'épanouissement, il y a eu la décadence. J'ai cité Freytag et Fontane. Il faudrait faire venir maintenant à la barre de l'Histoire Thomas Mann. Né à Lubeck, ville hanséatique, dans une famille de négociants, il a souvent raconté à ses enfants — c'est son fils Golo qui le rapporte — une scène qui répond étrangement à celle évoquée par Rheinbaben et qui se situe d'ailleurs également en 1885. Thomas Mann avait dix ans quand il est allé avec toute son école saluer le vieil empereur, lequel a tenu un petit discours aux enfants du haut de la plate-forme de son wagon impérial. Mais, dans cette anecdote, l'ironie perce. Nous sommes loin de la foi inébranlable des grands ancêtres. Le roman de Gustav Freytag, *Soll und Haben* — qui est comme l'épopée de l'épicerie en gros —, avait paru en 1855. En 1901 paraît *Buddenbrooks*, le premier roman de Thomas Mann. Le sujet est comparable : l'histoire d'une dynastie de grands négociants hanséatiques. Mais le climat moral a bien changé. Aux convictions naïves et sans nuances de Freytag succède un pessimisme tempéré d'humour et de tendresse navrée. La grande bourgeoisie de Lubeck se scandalisa. Un libraire ne vendait-il pas derrière son comptoir une grille permettant d'identifier tous les modèles vivants dont s'était servi l'auteur ? Le livre fut jugé diffamatoire. Un critique jeta à la face de Thomas Mann le proverbe prussien, selon lequel jamais un oiseau ne souille son propre nid de sa fiente. Certes, « l'idée prussienne » avait déjà perdu toute vertu. Le père de Thomas Mann avait le premier donné des signes d'infidélité à la pure et belle tradition hanséatique. Non seulement il s'habillait à Londres, fumait des cigarettes russes et lisait des romans français, mais il avait épousé une femme dont le type méridional s'expliquait par des origines brésiliennes. Moins audacieux, l'écrivain épousera en 1905 une jeune fille de Munich. Les filles de Lubeck n'étaient donc pas assez jolies pour les Mann ?

Historiquement, la Prusse était condamnée. Elle allait recevoir le coup de grâce à Potsdam dans l'église de la Garnison — ce sanctuaire prussien où étaient enterrés ses rois — le 21 mars 1933, lorsque le vieux maréchal Hindenburg, ce pur fils de Prusse-Orientale, remettra le pouvoir au petit caporal autrichien. Il est d'ailleurs remarquable que si les Allemands de la RDA ont pieusement et scrupuleusement reconstruit Potsdam — totalement pulvérisé en 1945 —, ils n'ont pas relevé cette église de la Garnison, devenu lieu d'infamie et de désolation depuis ce premier jour d'un printemps exécrable.

Ils n'ont pas relevé l'église de la Garnison, mais j'ai eu la surprise en 1981 après deux années d'absence de retrouver *Unter den Linden* la statue équestre de Frédéric le Grand revenue à son ancienne place. Depuis 1950, le monument déboulonné gisait derrière des palissades, le nez dans l'humus. Inaugurée le 31 mai 1851 en présence du roi Frédéric-Guillaume IV, la statue avait donc tenu tout juste un siècle. Elle me donna l'occasion de provoquer un modeste incident diplomatique entre la France et la RDA, voici dans quelles circonstances.

J'étais donc en extase devant ce glorieux revenant *Unter den Linden,* quand un vieux Berlinois m'apostropha en ces termes : « Ils (les communistes) l'ont remis en place. Mais vous savez qu'ils l'ont retourné ? — Retourné ? Comment ? — Eh bien, avant la guerre, il regardait vers l'ouest en direction de la porte de Brandebourg. Seulement maintenant, la porte de Brandebourg, c'est le fameux Mur. Alors ils l'ont retourné. Maintenant, comme vous le voyez, il regarde vers l'est, vers leurs amis soviétiques. »

C'était à l'époque justement où je racontais à l'occasion mes voyages en RDA au président Mitterrand. Sans doute lui ai-je rapporté l'anecdote. En effet, à quelque temps de là, je me trouvais à l'ambassade de la RDA avec le nouvel ambassadeur Alfred Marter qui venait de présenter ses lettres de créance au président français. Il me parle de sa rencontre avec François Mitterrand et de l'intérêt qu'il porte à l'Allemagne de l'Est. « Mais savez-vous ce qu'il m'a dit ? s'exclame l'ambassadeur. Mais c'est incroyable ! Il croit que nous avons retourné la statue équestre de Frédéric II pour qu'il regarde vers l'est ! Mais c'est absolument faux ! Mais où a-t-il pris ça ? »

Où avait-il pris ça en effet ? Je ne le savais que trop. Je ne fis qu'un saut en sortant de l'ambassade au quai des Orfèvres, où mon vieil ami Martin Flinker tenait sa librairie allemande. Je lui expose mon problème. « *Was haben Sie für Sorgen !* Quels soucis vous avez ! » s'exclama-t-il avec admiration. En effet, on ne pouvait pas nier la grandeur de mes préoccupations. Flinker se chargea de l'enquête. Il m'écrivit quelques jours plus tard, preuve à l'appui (une carte postale de Berlin datant de 1920). Marter avait raison : le grand Frédéric avait toujours chevauché en direction de l'est.

Une affaire personnelle	9
Le couple France-Allemagne	37
Parenthèse helvétique	57
Épisodes présidentiels	63
Épilogue weimarien	73
Note sur la Prusse	83

DU MÊME AUTEUR

Aux Mercure de France

LE VOL DU VAMPIRE, *notes de lecture* (Folio Essais n° 258).

LE MIROIR DES IDÉES (Folio n° 2882).

LE PIED DE LA LETTRE, *roman* (Folio n° 2881).

CÉLÉBRATIONS, *roman* (Folio n° 3431).

Aux Éditions Gallimard

VENDREDI OU LES LIMBES DU PACIFIQUE, *roman* (Folio n° 959).

LE ROI DES AULNES, *roman* (Folio n° 656).

LES MÉTÉORES, *roman* (Folio n° 905).

LE VENT PARACLET, *essai* (Folio n° 1138).

LE COQ DE BRUYÈRE, *contes et récits* (Folio n° 1229).

GASPARD, MELCHIOR ET BALTHAZAR, *roman* (Folio n° 1415).

VUE DE DOS. Photographies d'Édouard Boubat.

GILLES ET JEANNE, *roman* (Folio n° 1707).

LE VAGABOND IMMOBILE. Dessins de Jean-Max Toubau.

LA GOUTTE D'OR, *roman* (Folio n° 1908).

PETITES PROSES (Folio n° 1768).

LE MÉDIANOCHE AMOUREUX, *roman* (Folio n° 2290).

ÉLÉAZAR OU LA SOURCE ET LE BUISSON, *roman* (Folio n° 3074).

LE FÉTICHISTE, coll. «Le Manteau d'Arlequin».

LIEUX DITS (Folio n° 3699).

LES ROIS MAGES (Bibliothèque Gallimard n° 106).

Dans les collections Foliothèque et Folio Plus

VENDREDI OU LES LIMBES DU PACIFIQUE. Présentation d'Arlette Bouloumié, n° 4.

VENDREDI OU LES LIMBES DU PACIFIQUE. Dossier réalisé par Arlette Bouloumié, n° 12.

LE ROI DES AULNES. Dossier réalisé par Jean-Bernard Vray, n° 14.

Pour les jeunes

VENDREDI OU LA VIE SAUVAGE. Illustration de Georges Lemoine. (Folio junior n° 281 ; Folio junior éd. spéciale n° 445).

VENDREDI OU LA VIE SAUVAGE. Album illustré de photographies de Pat York/Sygma.

PIERROT OU LES SECRETS DE LA NUIT. Illustrations de Daniel Bour (Enfantimages ; Folio cadet n° 205).

BARBEDOR. Illustrations de Georges Lemoine (Enfantimages ; Folio cadet n° 172).

L'AIRE DU MUGUET. Illustrations de Georges Lemoine (Folio junior n° 240).

SEPT CONTES. Illustrations de Pierre Hézard (Folio junior éd. spéciale n° 497).

LES ROIS MAGES. Illustrations de Michel Charrier (Folio junior n° 280).

QUE MA JOIE DEMEURE. Illustrations de Jean Clavenne (Enfantimages).

LES CONTES DU MÉDIANOCHE. Illustrations de Bruno Mallart (Folio junior n° 553).

LA COULEUVRINE. Illustrations de Claude Lapointe (Lecture junior ; Folio junior n° 999).

BARBEROUSSE OU LE PORTRAIT DU ROI. (Folio junior n° 1257).

Chez d'autres éditeurs

LE TABOR ET LE SINAÏ. Essais sur l'art contemporain, *Belfond* (Folio n° 2250).

RÊVES. Photographies d'Arthur Tress, *Éditions Complexe.*

MIROIRS. Photographies d'Édouard Boubat, *Denoël.*

MORT ET RÉSURRECTION DE DIETER APPELT, *Éditions Herscher.*

DES CLEFS ET DES SERRURES. Images et proses, *Éditions Le Chêne-Hachette.*

LA FAMILLE ADAM, *Éditions des Lires.*

JOURNAL EXTIME, *La Musardine* (Folio n° 3994).

LE BONHEUR EN ALLEMAGNE? *Maren Sell éditeurs* (Folio n° 4366).

LES VERTES LECTURES, *Flammarion.*

COLLECTION FOLIO

Dernières parutions

4595. Alessandro Baricco — *Homère, Iliade.*
4596. Michel Embareck — *Le temps des citrons.*
4597. David Shahar — *La moustache du pape et autres nouvelles.*
4598. Mark Twain — *Un majestueux fossile littéraire et autres nouvelles.*
4599. André Velter — *Zingaro suite équestre* (nouvelle édition)
4600. Tite-Live — *Les Origines de Rome.*
4601. Jerome Charyn — *C'était Broadway.*
4602. Raphaël Confiant — *La Vierge du Grand Retour.*
4603. Didier Daeninckx — *Itinéraire d'un salaud ordinaire.*
4604. Patrick Declerck — *Le sang nouveau est arrivé. L'horreur SDF.*
4605. Carlos Fuentes — *Le Siège de l'Aigle.*
4606. Pierre Guyotat — *Coma.*
4607. Kenzaburô Ôé — *Le faste des morts.*
4608. J.-B. Pontalis — *Frère du précédent.*
4609. Antonio Tabucchi — *Petites équivoques sans importance.*
4610. Gonzague Saint Bris — *La Fayette.*
4611. Alessandro Piperno — *Avec les pires intentions.*
4612. Philippe Labro — *Franz et Clara.*
4613. Antonio Tabucchi — *L'ange noir.*
4614. Jeanne Herry — *80 étés.*
4615. Philip Pullman — *Les Royaumes du Nord. À la croisée des mondes, I.*
4616. Philip Pullman — *La Tour des Anges. À la croisée des mondes, II.*
4617. Philip Pullman — *Le Miroir d'Ambre. À la croisée des mondes, III.*

4618. Stéphane Audeguy	*Petit éloge de la douceur.*
4619. Éric Fottorino	*Petit éloge de la bicyclette.*
4620. Valentine Goby	*Petit éloge des grandes villes.*
4621. Gaëlle Obiégly	*Petit éloge de la jalousie.*
4622. Pierre Pelot	*Petit éloge de l'enfance.*
4623. Henry Fielding	*Histoire de Tom Jones.*
4624. Samina Ali	*Jours de pluie à Madras.*
4625. Julian Barnes	*Un homme dans sa cuisine.*
4626. Franz Bartelt	*Le bar des habitudes.*
4627. René Belletto	*Sur la terre comme au ciel.*
4628. Thomas Bernhard	*Les mange-pas-cher.*
4629. Marie Ferranti	*Lucie de Syracuse.*
4630. David McNeil	*Tangage et roulis.*
4631. Gilbert Sinoué	*La reine crucifiée*
4632. Ted Stanger	*Sacrés Français ! Un Américain nous regarde.*
4633. Brina Svit	*Un cœur de trop.*
4634. Denis Tillinac	*Le venin de la mélancolie.*
4635. Urs Widmer	*Le livre de mon père.*
4636. Thomas Gunzig	*Kuru.*
4637. Philip Roth	*Le complot contre l'Amérique.*
4638. Bruno Tessarech	*La femme de l'analyste.*
4639. Benjamin Constant	*Le Cahier rouge.*
4640. Carlos Fuentes	*La Desdichada.*
4641. Richard Wright	*L'homme qui a vu l'inondation* suivi de *Là-bas, près de la rivière.*
4642. Saint-Simon	*La Mort de Louis XIV.*
4643. Yves Bichet	*La part animale.*
4644. Javier Marías	*Ce que dit le majordome.*
4645. Yves Pagès	*Petites natures mortes au travail.*
4646. Grisélidis Réal	*Le noir est une couleur.*
4647. Pierre Senges	*La réfutation majeure.*
4648. Gabrielle Wittkop	*Chaque jour est un arbre qui tombe.*
4649. Salim Bachi	*Tuez-les tous.*
4650. Michel Tournier	*Les vertes lectures.*
4651. Virginia Woolf	*Les Années.*
4652. Mircea Eliade	*Le temps d'un centenaire* suivi de *Dayan.*
4653. Anonyme	*Une femme à Berlin. Journal 20 avril-22 juin 1945.*

4654. Stéphane Audeguy	*Fils unique.*
4655. François Bizot	*Le saut du Varan.*
4656. Pierre Charras	*Bonne nuit, doux prince.*
4657. Paula Fox	*Personnages désespérés.*
4658. Angela Huth	*Un fils exemplaire.*
4659. Kazuo Ishiguro	*Auprès de moi toujours.*
4660. Luc Lang	*La fin des paysages.*
4661. Ian McEwan	*Samedi.*
4662. Olivier et Patrick Poivre d'Arvor	*Disparaître.*
4663. Michel Schneider	*Marilyn dernières séances.*
4664. Abbé Prévost	*Manon Lescaut.*
4665. Cicéron	*«Le bonheur dépend de l'âme seule».* Tusculanes, *livre V.*
4666. Collectif	*Le pavillon des Parfums-Réunis. et autres nouvelles chinoises des Ming.*
4667. Thomas Day	*L'automate de Nuremberg.*
4668. Lafcadio Hearn	*Ma première journée en Orient* suivi de *Kizuki le sanctuaire le plus ancien du Japon.*
4669. Simone de Beauvoir	*La femme indépendante.*
4670. Rudyard Kipling	*Une vie gaspillée* et autres nouvelles.
4671. D. H. Lawrence	*L'épine dans la chair* et autres nouvelles.
4672. Luigi Pirandello	*Eau amère.* et autres nouvelles.
4673. Jules Verne	*Les révoltés de la Bounty* suivi de *maître Zacharius.*
4674. Anne Wiazemsky	*L'île.*
4675. Pierre Assouline	*Rosebud.*
4676. François-Marie Banier	*Les femmes du métro Pompe.*
4677. René Belletto	*Régis Mille l'éventreur.*
4678. Louis de Bernières	*Des oiseaux sans ailes.*
4679. Karen Blixen	*Le festin de Babette.*
4680. Jean Clair	*Journal atrabilaire.*
4681. Alain Finkielkraut	*Ce que peut la littérature.*
4682. Franz-Olivier Giesbert	*La souille.*
4683. Alain Jaubert	*Lumière de l'image.*
4684. Camille Laurens	*Ni toi ni moi.*

4685. Jonathan Littell	*Les Bienveillantes.*
4686. François Weyergans	*La démence du boxeur.* (à paraître)
4687. Frances Mayes	*Saveurs vagabondes.*
4688. Claude Arnaud	*Babel 1990.*
4689. Philippe Claudel	*Chronique monégasque et autres textes.*
4690. Alain Rey	*Les mots de saison.*
4691. Thierry Taittinger	*Un enfant du rock.*
4692. Anton Tchékhov	*Récit d'un inconnu et autres nouvelles.*
4693. Marc Dugain	*Une exécution ordinaire.*
4694. Antoine Audouard	*Un pont d'oiseaux.*
4695. Gérard de Cortanze	*Laura.*
4696. Philippe Delerm	*Dickens, barbe à papa.*
4697. Anonyme	*Le Coran.*
4698. Marguerite Duras	*Cahiers de la guerre et autres textes.*
4699. Nicole Krauss	*L'histoire de l'amour.*
4700. Richard Millet	*Dévorations.*
4701. Amos Oz	*Soudain dans la forêt profonde.*
4702. Boualem Sansal	*Poste restante : Alger.*
4703. Bernhard Schlink	*Le retour.*
4704. Christine Angot	*Rendez-vous.*
4705. Éric Faye	*Le syndicat des pauvres types.*
4706. Jérôme Garcin	*Les sœurs de Prague.*
4707. Denis Diderot	*Salons.*
4708. Isabelle de Charrière	*Sir Walter Finch et son fils William.*
4709. Madame d'Aulnoy	*La Princesse Belle Étoile et le prince Chéri.*
4710. Isabelle Eberhardt	*Amours nomades.*
4711. Flora Tristan	*Promenades dans Londres.* (extraits)
4712. Mario Vargas Llosa	*Tours et détours de la vilaine fille.*
4713. Camille Laurens	*Philippe.*
4714. John Cheever	*The Wapshot.*
4715. Paule Constant	*La bête à chagrin.*
4716. Erri De Luca	*Pas ici, pas maintenant.*
4717. Éric Fottorino	*Nordeste.*

4718.	Pierre Guyotat	*Ashby* suivi de *Sur un cheval*.
4719.	Régis Jauffret	*Microfictions*.
4720.	Javier Marías	*Un cœur si blanc*.
4721.	Irène Némirovsky	*Chaleur du sang*.
4722.	Anne Wiazemsky	*Jeune fille*.
4723.	Julie Wolkenstein	*Happy End*.
4724.	Lian Hearn	*Le vol du héron. Le Clan des Otori, IV*.
4725.	Madame d'Aulnoy	*Contes de fées*.
4726.	Collectif	*Mai 68, Le Débat*.
4727.	Antoine Bello	*Les falsificateurs*.
4728.	Jeanne Benameur	*Présent ?*
4729.	Olivier Cadiot	*Retour définitif et durable de l'être aimé*.
4730.	Arnaud Cathrine	*La disparition de Richard Taylor*.
4731.	Maryse Condé	*Victoire, les saveurs et les mots*.
4732.	Penelope Fitzgerald	*L'affaire Lolita*.
4733.	Jean-Paul Kauffmann	*La maison du retour*.
4734.	Dominique Mainard	*Le ciel des chevaux*.
4735.	Marie Ndiaye	*Mon cœur à l'étroit*.
4736.	Jean-Christophe Rufin	*Le parfum d'Adam*.
4737.	Joseph Conrad	*Le retour*.
4738.	Roald Dahl	*Le chien de Claude*.
4739.	Fédor Dostoïevski	*La femme d'un autre et le mari sous le lit*.
4740.	Ernest Hemingway	*La capitale du monde* suivi de *l'heure triomphale de François Macomber*.
4741.	H.P Lovecraft	*Celui qui chuchotait dans les ténèbres*.
4742.	Gérard de Nerval	*Pandora* et autres nouvelles.
4743.	Juan Carlos Onetti	*À une tombe anonyme*.
4744.	R.L. Stevenson	*La Chaussée des Merry Men*.
4745.	H.D. Thoreau	*« Je vivais seul, dans les bois »*.
4746.	Michel Tournier	*L'aire du Muguet*, suivi de *La jeune fille et la mort*.

165407

*Composition Nord Compo
Impression Novoprint
à Barcelone le 25 octobre 2008
Dépôt légal: octobre 2008
Premier dépôt légal dans la collection : mars 2006*

ISBN 978-2-07-030799-9 . / Imprimé en Espagne.